COMPTE RENDU

de la

→ **Pompe Funèbre** ←

célébrée par la R∴ L∴

LA FRATERNITÉ VOSGIENNE

O∴ d'Epinal

et

Discours prononcés à cette Cérémonie

le 14 Décembre 1913 (E∴ V∴)

> Il est mort ! Que signifie cela ?
> Qui est-ce qui est mort ? Mon
> estime pour Jégor, mon amour
> pour ce camarade, le souvenir
> de l'œuvre de sa pensée, tout
> cela est-il mort ? L'idée que je
> m'en faisais, celle d'un homme
> courageux et loyal, s'est-elle donc
> anéantie ? Tout cela est-il mort ?
> Pour moi tout cela, le meilleur
> de lui-même, ne mourra jamais,
> je le sais. Il me semble que nous
> nous hâtons trop de dire d'un
> homme qu'il est mort ! Ses lèvres
> sont mortes, mais ses paroles
> vivent dans le cœur des vivants.
>
> GORKI, *La Mère.*

Le 14 décembre 1913, la R∴ L∴ *La Fraternité Vosgienne*, O∴ d'Epinal, a célébré une pompe funèbre pour honorer la mémoire des FF∴ Lutz, Lang, Baret, Bonneret, Chevreux, décédés depuis deux ans.

A minuit, les trav∴ fun∴ sont ouverts conformément au rituel, puis le Vén∴ donne l'entrée du temple aux familles des FF∴ Lutz, Lang, Baret, Chevreux. Prennent également place sous les colonnes, MM. Gouré, Jeandin, Leybach, Méline, Mouillet, Ravon, anciens membres de l'At∴

Après avoir tenté de former la chaîne d'union, le Vén∴ invite les FF∴ et Prof∴ présents à prêter la plus grande attention à l'éloge funèbre prononcé par le Fr∴ Orat∴

Après une éloquente et saisissante comparaison entre la Maç∴ et les religions, après avoir rappelé que les FF∴ MM∴, eux aussi, se souviennent et savent garder la mémoire de ceux que la mort a ravis à leur frat∴ affection, le Fr∴ Philippe passe en revue ce que fut la carrière maç∴ de nos FF∴ décédés. Il fait revivre, dans l'esprit des Maç∴ et Prof∴ présents, les figures si sympathiques de ceux qui nous ont quittés pour le grand repos. Cette évocation sur les colonnes endeuillées, en présence des femmes et des enfants de nos chers disparus cause une profonde et très vive émotion qui étreint tous les FF∴ présents.

Le F∴ Bernardin, 33ᵉ, Vén∴ de la R∴ L∴ *St-Jean de Jérusalem*, O∴ de Nancy, prend ensuite la parole au nom du Gr∴ Collège des Rites du G∴ O∴ de F∴ pour prononcer l'éloge funèbre du F∴ Chevreux, 33ᵉ, qui fut pendant longtemps Vén∴ de la L∴ *La Fraternité Vosgienne*, et à qui la Maç∴ dans les Vosges doit tant. La parole si autorisée de notre Tr∴ Ill∴ F∴ Bernardin rappelle aux vieux Maç∴ et fait connaître aux jeunes ce que fut la grande et sympathique figure de celui qui vient de disparaître. Le F∴ Chevreux fut un Maç∴ d'élite, d'un dévouement absolu, d'une rare intelligence, d'un grand cœur. Cette vie maç∴ est d'un bel exemple.

M. Ravon remercie ensuite les Maç∴ de *La Fraternité Vosgienne* au nom de tous les anciens FF∴ de l'At∴, puis les Prof∴ couvrent le temple pendant que tous les FF∴ forment la voûte d'acier.

Au point du jour, les travaux sont fermés.

O∴ d'Epinal, 14 décembre 1913.

Discours prononcé par le F∴ Philippe, Or∴ de l'At∴

Mesdames, Messieurs, Très Ill∴ Fr∴ Bernardin,
Vén∴ M∴ et vous tous mes Fr∴;

Les religions ont, de toute antiquité, commémoré les défunts, mais, de cette coutume, elles ont fait un dogme. La Franc-Maçonnerie a le devoir de ne pas oublier ses morts; mais quand elle rappelle leur mémoire, c'est pour l'exemple, pour le réconfort.

Les F∴ maçons se souviennent; pour eux le souvenir est la

prolongation de la fraternité et de la solidarité dans l'au-delà. Mais cet au-delà est en arrière de nous : il est connu, car il est fait de la vie, du travail des aînés. A l'inverse de ceux que les religions font futurs et hypothétiques, loin de faire naître l'appréhension, loin de plonger dans le doute et quelquefois dans le désespoir, notre au-delà est un enseignement, c'est un passé noble, quelquefois glorieux ; c'est l'histoire de la pensée libre, généreuse, altruiste. Cette histoire fut pendant des siècles jalonnée de martyres ; aujourd'hui elle ne demande que des courages.

L'Histoire n'est écrite que pour rappeler ce qu'ont fait nos devanciers, ce qu'ils ont eu raison et ce qu'ils ont eu tort de faire ; et c'est en louant et en imitant ce que nous jugeons noble et sain, en blâmant et en évitant ce que nous estimons mauvais et nuisible, que nous profitons des enseignements de l'Histoire.

La leçon du passé nous vient à la fois des choses et des hommes ; c'est de l'exemple de ces derniers qu'elle découle plus vivante et plus concrète.

***

En qualité d'Or∴ de cet Atel∴, j'ai le douloureux privilège de rappeler aujourd'hui la mémoire des Fr∴ qui nous ont quittés pour le grand repos.

C'est un pélérinage de la pensée que nous ferons ensemble.

Il y a quelques instants, l'appel sur les colonnes a signalé cinq absents : un apprenti, un compagnon et trois maîtres.

Le premier, notre Fr∴ Lutz, est mort l'an dernier âgé de 57 ans. Il était venu tardivement à nous ; notre atelier le recevait apprenti en 1908 ; il n'a pas eu le temps d'acquérir la plénitude de ses droits maçonniques ; mais les qualités qui l'avaient fait admettre dans notre grande famille s'étaient déjà plus affirmées et développées.

C'est le destin qui nous a privés d'un bon ouvrier.

La même année 1912 a brisé un autre maillon de notre chaîne. Le Fr∴ Bonneret, reçu apprenti en 1907, avait été admis en 1911 dans la Chambre des compagnons. Mais une santé délicate l'immobilisait très fréquemment et le tenait éloigné de nos réunions. Cependant, à distance, il n'oubliait pas que le travail est en honneur dans la Franc-Maçonnerie, et nous nous souvenons encore d'une étude qu'il fit sur la libre-pensée dans les campagnes et dont la lecture fut unanimement goûtée. C'était une véritable profession de foi maçonnique où se révélaient un esprit droit et une conviction ardente. Cette conviction, du reste, était si sincère qu'il la conserva jusqu'à ses derniers moments, luttant et obtenant gain de cause pour mourir en maçon et en penseur libre.

Fr∴ Bonneret, des efforts aussi nobles que le vôtre porteront leurs fruits.

La Chambre du milieu a été encore plus éprouvée. C'est d'abord notre F∴ Lang, qui avait obtenu le grade d'apprenti en 1896, était passé compagnon en 1899 et avait été élevé au grade de maître en 1902.

Nous l'avons conduit, cette année même, à sa dernière demeure ; fonctionnaire dévoué, il avait eu une vie de labeur, toute de droiture et de bonté ; ce fut un excellent maçon et il est mort conscient de sa qualité de maçon. C'est d'un bel exemple et d'un bon enseignement.

C'est encore jeune que notre Fr∴ Baret nous a quittés, enlevé par une cruelle maladie. Il était entré dans notre ordre en 1905 et il avait obtenu la maîtrise en 1911. Avec une affabilité et une bonne humeur que nous lui avons tous connues, il était énergique. Il savait ce qu'il voulait, et la politique l'avait tenté. Il avait débuté dans l'enseignement et il connaissait les besoins de la carrière et les services que l'instituteur peut rendre dans sa commune sans sortir de ses attributions.

C'est par raison de santé qu'il avait abandonné le rôle d'éducateur qu'il aimait ; Baret comptait trop sur ses forces, et il ne les ménageait pas assez. Les fonctions absorbantes et ingrates qu'il avait acceptées, ces dernières années, l'obligeaient à se surmener. Combien de fois l'ai-je rencontré, fatigué par les démarches qu'il était obligé de faire ou qu'il faisait souvent de son propre chef ; il ne se plaignait pas ; s'il lui échappait une plainte, c'était sur un ton badin. Je me plais à rappeler que Baret fut un des ouvriers, sinon le principal, de nos succès républicains dans l'arrondissement d'Epinal. Secrétaire de la Fédération républicaine démocratique des Vosges, membre fondateur du Cercle Spinalien, en lui, le Parti perd un apôtre, et la Maçonnerie un de ses meilleurs ouvriers.

La Fr∴-Maç∴ a fait une perte immense en la personne de notre Fr∴ Chevreux. Je vois devant moi son fils, ses amis, qui sont venus rehausser par leur présence cette fête du souvenir, et c'est autant pour eux, qui savent déjà, que pour ceux qui ne savent pas, que je vais retracer brièvement la carrière de l'homme droit, aux idées puissantes et nettes, à la largeur incroyable de vues que fut notre Fr.˙. Chevreux.

Je me contenterai d'exposer succinctement ici — laissant à une parole plus autorisée que la mienne le soin d'exposer la vie maçonnique de notre Fr.˙. — les liens qui l'attachaient à notre atelier et les titres qu'il avait à une réciprocité de la part des Fr.˙. de cet atelier.

Chevreux était entré dans l'Or.˙. en 1879 ; en 1880, il était affilié à la Loge d'Epinal, dont il devenait le Vén.˙. en 1886. A partir de cette date, il fut successivement huit fois élu ou réélu et fut trois fois nommé Vén.˙. d'honneur.

De nombreux maçons, dont quelques-uns sont ici présents, ont reçu de lui la lumière et s'en souviennent.

Si sa vie maç.˙. fut une vie bien remplie, sa vie profane ne laisse pas que d'être aussi remarquable.

Chevreux était né à Metz le 18 août 1854 ; il était fils d'un peintre de talent, et cette ascendance n'était pas étrangère à la perspicacité et à la sûreté de jugement dont il faisait preuve en matière d'art.

Son goût pour l'érudition, pour les recherches historiques, le poussa vers l'École des chartes d'où il sortit, en 1880, avec une thèse remarquée sur : *Les grands jours de Troyes sous Charles V et Charles VI*. Il était de la promotion de Gabriel Hanotaux.

Il fut nommé archiviste du département des Vosges, et, pendant vingt-cinq ans, il demeura à la tête du dépôt que j'ai l'honneur de diriger aujourd'hui et que j'ai reçu en quelque sorte de ses mains. La stabilité, dans nos fonctions, est un des facteurs inappréciables de l'utilité du fonctionnaire, et Chevreux a montré l'exemple de cette stabilité.

On conçoit aisément quelles connaissances profondes peut acquérir l'homme qui est demeuré en contact, pendant un quart de siècle, avec l'histoire, la langue, les institutions et les mœurs d'une région, et quels services ce même homme est appelé à rendre lorsqu'il joint à cette expérience une remarquable intelligence, une faculté d'assimilation et de généralisation raisonnée comme celle de notre Fr.˙. Chevreux.

A la fois érudit, archéologue, artiste, formé à la critique sévère de l'École des chartes, il a pu aborder avec un égal succès des travaux d'ordre très divers.

Dans ses fonctions mêmes, il a rédigé l'inventaire du Chapitre de Remiremont, qui sont la base de l'histoire d'une grande partie de notre département depuis le xie siècle jusqu'à la Révolution.

Dans le gros ouvrage publié sous la direction de notre Fr.·. Léon Louis, c'est à Chevreux que sont dues la plupart des notes historiques et archéologiques du dictionnaire des communes.

Dès 1882, il est secrétaire du Comité d'Histoire Vosgienne et collabore à la publication des *Documents rares et inédits de l'Histoire des Vosges*, dont l'utilité est si grande qu'aucun travail sérieux sur l'histoire locale ne peut se dispenser d'en citer telle ou telle partie.

Je signalerai encore, parmi les travaux d'érudition, une monographie de la commune de Moyemont (1883) ; des études sur la galerie de peinture des princes de Salm (1884), galerie qui constitue le noyau de la collection du musée d'Epinal ; sur les croix dites d'absolution provenant des sépultures du chapitre de Remiremont, et la publication des cahiers de doléances présentés aux Etats-Généraux de 1789 par les bailliages d'Epinal, de Châtel, de Neufchâteau et de Lamarche.

La mort l'a surpris tandis qu'il travaillait à une histoire du lycée de Metz, où il avait commencé ses études, et à diverses notices dont une, de très grand intérêt, sur l'Evangiliaire à miniatures de la bibliothèque d'Epinal.

Il a été l'organisateur, le créateur du Comité départemental des études économiques de la Révolution, comité qui existe toujours, prospère et actif, et qui a toujours trouvé auprès de son fondateur l'appui le plus sûr et le plus bienveillant.

Il fut vite jugé par les érudits locaux et, membre de la Société d'Emulation des Vosges, il en devint le président en 1901 et le resta jusqu'à son départ d'Epinal.

La Chambre de Commerce des Vosges a tenu à se l'attacher, dès 1884, en qualité de secrétaire-archiviste, fonctions qu'il conserva jusqu'en 1899, lorsque, à la mort de M. Voulot, le Conseil général lui confia la direction du musée départemental.

Ici encore, comme aux archives, les solides qualités de Chevreux se révélèrent et, en six ans, il a remanié l'organisation de l'établissement, il a mis en valeur les collections ; et, parce qu'il appréciait au plus haut degré les richesses archéologiques et artistiques dont il avait la garde, il a voulu les faire apprécier par les autres ; il a, dans ce but, rédigé une notice dont l'intérêt ne le cède en rien à l'érudition et où il a fait l'historique de notre musée et décrit ce qu'il renferme. Je me souviens, à chacune des visites qu'il faisait à la fois à son successeur et au musée, de la sollicitude dont il entourait les collections qu'il avait revisées et qu'il connaissait si bien, et j'ai mis à exécution bien des projets d'amélioration qu'il avait conçus et qu'il n'avait pu faire aboutir avant son départ d'Epinal.

Je sais que c'est avec regret qu'il avait quitté notre ville où toute une carrière si bien remplie, des amitiés si nombreuses et si sincères lui avaient créé une ambiance dont il était pénible pour lui de s'évader. Mais, l'administration des archives, qui appréciait toute sa valeur, l'avait désigné pour un poste plus important et, en 1905, il prenait possession des archives départementales de la Seine-Inférieure. Il ne devait pas y séjourner longtemps. Ses services antérieurs, les innovations heureuses qu'il fit aussitôt arrivé à Rouen le firent désigner pour les hautes fonctions d'inspecteur général des bibliothèques et des archives. C'était un beau couronnement de carrière, bien mérité, au reste.

Le choix avait été heureux, et Chevreux était bien l'homme qu'il fallait pour des fonctions aussi délicates ; ne s'agissait-il pas, en effet, pour lui, de conseiller, mais aussi de contrôler et de critiquer au besoin les travaux et les conceptions professionnelles de fonctionnaires issus d'une même origine et qu'unissaient à lui des liens de confraternité ; le tact et l'affabilité nécessaires pour ménager les susceptibilités, Chevreux, qui les possédait au plus haut point, sut toujours les mettre à la disposition d'un jugement sûr et d'une compétence avertie. Il savait jauger les hommes et apprécier leurs efforts. Les Archivistes ont perdu en lui un excellent conseiller et un ami très sûr.

Paul Chevreux était, depuis le 14 janvier 1909, Chevalier de la Légion d'honneur.

Que dirai-je de lui au point de vue politique et social qu'on ne sache pas ? Il y a ici de ses amis, qui ont vécu à ses côtés et qui diront avec moi quel républicain ardent et sincère il fut ; jamais il ne craignit de s'affirmer et de se dépenser ; toujours à l'avant-garde de la pensée et de l'action, il n'était guidé que par l'idéal de ses convictions,

Le Cercle Spinalien de la Ligue de l'Enseignement eut en lui un de ses plus fermes soutiens et un de ses meilleurs professeurs.

Je pourrais m'étendre encore sur l'activité de notre F∴ et d'autre part, j'ai pu omettre quelques manifestations de cette activité ; ce que j'ai voulu rappeler, c'est la vie toute d'intelligence et d'énergie raisonnée d'un homme qui pensait et qui agissait après avoir pensé. Chez Chevreux, l'homme et le maçon ne faisaient qu'un, tant ils se complétaient l'un l'autre.

*
* *

Les vides que la mort fait dans nos rangs ne se comblent pas immédiatement.

C'est lorsqu'un ami nous est enlevé que nous comprenons plus fortement toute la place que son affection tenait en notre cœur.

C'est encore lorsqu'un bon ouvrier vient à manquer sur le chantier que l'on s'aperçoit de la valeur de son intelligence et de son activité.

Les jeunes succèdent aux aînés ; des apprentis se forment tandis que des maîtres s'en vont, mais il faut aux premiers une expérience toute spéciale, aussi longue à acquérir que celle de la vie profane et toute autre qu'elle. Dans la vie de chaque jour, c'est l'égoïsme qui éduque, qui prémunit l'homme contre les embûches des hommes et des choses ; dans la vie maçonnique, c'est pour l'altruisme qu'il faut s'instruire et cette éducation s'acquiert dans la pratique de la fraternité et de la solidarité.

Aussi, bien que réformée et solidement resoudée, la chaîne d'union garde la trace des brisures.

Fr∴ Lutz, Bonneret, Lang, Baret et Chevreux, nous ne vous oublions pas, goûtez en paix, après une vie noblement remplie, le repos en la Grande Loge éternelle.

Chacun, dans votre sphère d'action, avec vos facultés personnelles, vos aspirations particulières, vous avez travaillé pour la grandeur et l'honneur de notre Or∴, pour le bonheur de l'humanité et la fraternité universelle. Vous avez, à ces titres, droit à la reconnaissance de tous. Que vos noms restent vivants dans nos mémoires. Au nom de notre respectable Atelier, j'adresse à vos familles l'expression de toute notre sympathie.

André PHILIPPE.

*Discours du Tr.·. Ill.·. Fr.·. Ch. Bernardin, 33·, membre du
Gr.·. Collège des Rites du G.·. Or.·. de France, Vén.·. de
la R.·. L.·. St-Jean de Jérusalem, O.·. de Nancy.*

Chevreux est mort !

Telle est la nouvelle brutale que nous apportait le télégraphe
le 27 octobre dernier. Le premier moment fut de la stupeur : il
nous semblait qu'un tel homme qui, physiquement, se survivait
depuis 15 ans, ne devait plus mourir...

Nous l'avions vu quelques semaines auparavant le jour où le
Grand Collège des rites l'élevait au 33ᵉ et suprême degré de notre
ordre et nous l'avions trouvé beaucoup mieux que précédemment,
mettant plus que jamais sa coquetterie à dissimuler le mal dont
il souffrait, éprouvant une àpre fierté à parer sa santé compro-
mise de toutes les apparences de l'activité, car il était de la race
des stoïciens dont la volonté supplée à tout et qui n'admettent pas
que leur corps se refuse à leur obéir.

Chevreux est mort ! nous répétait impitoyablement le télé-
gramme que nous tenions en mains sans vouloir le comprendre...
alors la réalité nous apparut brusquement dans sa crudité, un flot
de larmes nous monta aux yeux et nous sentîmes confusément
la perte immense que nous faisions d'un ami incomparable et d'un
F.·. que je n'hésite pas à placer au Panthéon maç.·. à côté de notre
grand et regretté Blatin dont il avait toutes les qualités du cœur
et de l'esprit.

Oui, Chevreux est mort hélas ! et j'ai le pénible devoir d'ap-
porter dans cette L.·. d'Epinal qui m'est tout particulièrement
chère, les douloureuses condoléances du Grand Collège des rites
du G.·. O.·, de France, et d'exprimer bien faiblement en quelle
haute estime nous le tenions, nous qui l'avons connu pendant de
longues années, nous qui avons suivi sa carrière maç.·., nous
qui étions fiers de sa belle intelligence, de sa vaste érudition, de
son grand cœur.

Ah ! il est bien triste à un homme qui a vécu pour ainsi dire
la vie d'un autre de prendre la parole au cours de sa Pompe funèbre, mais c'est un devoir qu'il nous faut accomplir, et si les paroles
que nous apportons pouvaient être un adoucissement à la douleur
qui étreint sa famille et ses amis, ce devoir nous semblerait moins
pénible à remplir.

Paul-Etienne Chevreux, né à Metz, le 18 mars 1854, se fit initier à la R∴ L∴ « L'Avenir », O∴ de Paris, le 21 octobre 1879. il n'avait pas encore 26 ans.

Affilié à la R∴ L∴ « La Fraternité Vosgienne », O∴ d'Epinal, le 25 septembre 1880, il y reçut les Grades de Comp∴ et de M∴, le 19 septembre 1881. Il fut le délégué de cette L∴ à tous les Convents maç∴ qui eurent lieu de 1886 à 1898 inclus et devint le Vén∴ de l'At∴ en 1887. Réélu en 1888, il occupa encore le Vénéralat en 1890-91-92 et de 1894 à 1898, époque à laquelle il quitta Epinal.

Admirablement secondé par les FF∴ Léon Louis, Claudé, Roche, Stern, Gley, Ravon, Bourgeois et autres, la Fraternité Vosgienne connut, sous le Vénéralat de Chevreux, des années qui peuvent compter parmi les plus brillantes de son existence. Entre temps il avait été promu R∴ C∴, le 5 mai 1889, dans le Souv∴ Chap∴ « L'Etoile de la Haute-Marne » Vall∴ de Chaumont, puis Chev∴ Kad∴ au Cons∴ Phil∴ « La Clémente amitié », Climat de Paris, le 19 juin 1893.

C'est alors qu'il contribua à la fondation du Souv∴ Chap∴ de Nancy et du Cons∴ Phil∴ de ce Climat, dont il occupa le poste de Chev∴ d'Éloquence de 1893 à 1898 inclus. Le Grand Collège des rites lui conféra successivement :

Le 31ᵉ degré, le 28 mars 1907 ;

Le 32ᵉ degré, le 19 septembre 1909 ;

Le 33ᵉ et degré suprême, le 14 septembre 1913.

Telle est résumée, par des dates, la carrière maç∴ de notre Fr∴ Chevreux.

⁕

Il n'est pas nécessaire de retracer autrement cette longue carrière : il y aurait trop à faire ; disons tout simplement que le Fr∴ Chevreux fut un maç∴ d'élite, un de ceux dont nous sommes fiers, un de ceux dont s'enorgueillit notre Ordre, auquel il apporta sans compter toutes les qualités dont la nature a été si prodigue à son égard, c'est-à-dire un dévouement absolu, une activité peu commune, une rare intelligence, un grand et noble cœur.

Il avait une inébranlable confiance dans le triomphe final de la raison et de la vérité. Ennemi de toutes les violences, il ne comptait que sur la force de la persuasion et sur l'irrésistible beauté de son idéal.

Car il fut surtout un idéaliste et nul plus que lui n'afficha son mépris pour les politiciens. Il n'avait d'estime que pour les hommes en qui il devinait une pensée profonde et désintéressée et des convictions méthodiquement formées. Dans la tourmente dreyfusiste, il prit sa place parmi les défenseurs de la justice. Dans ces derniers temps, il suivait avec beaucoup d'intérêt l'œuvre entreprise par la F∴ M∴ pour le rapprochement franco-allemand et ce Messin de naissance était l'un des plus ardents à nous encourager à poursuivre ce beau rêve de fraternité universelle. Il fut un F∴ M∴ fidèle dans les bons comme dans les mauvais jours et la Franc Maçonnerie doit un tribut de reconnaissance à ceux qui l'ont toujours servie sans défaillance et sans découragement.

P. Chevreux était, au sens propre du mot, " une conscience ". Il appartenait à cette catégorie d'hommes incapables d'une bassesse et du plus petit accroc à ce qu'ils considèrent comme leur devoir.

Excessivement bon et tolérant, il n'avait de répulsion que pour le mensonge et l'hypocrisie, son esprit si vif, si droit et si juste se délectait à propager autour de lui les principes humanitaires qui formaient la base de toutes ses convictions et son cœur généreux, qui renfermait des trésors d'affection pour ses amis, aimait à s'épancher dans la pratique de la Fraternité.

Pour nous, qui avons eu tant de fois le bonheur d'être admis dans son intimité, nous pouvons affirmer que jamais nous ne sommes sortis d'un de ses entretiens sans nous sentir plus éclairé, plus ferme et moins personnel.

Chose étonnante, Chevreux n'eut jamais d'ennemis. Ah ! ils sont rares les hommes qui ont fait leur devoir et qui n'ont pas d'ennemis, il faut qu'ils soient réellement d'une essence supérieure. Quoi de plus éloquent que cette simple constatation ?

*
* *

Il a fait le bien simplement, sans ostentation, non dans le but d'une récompense au centuple dans un monde meilleur, mais. — suivant l'expression de notre Ill∴ F∴ Desmons. — par égoïsme. Le vrai F∴ M∴ étant ainsi fait qu'il trouve dans sa conscience et dans l'estime qu'il a pour lui-même un paiement rémunérateur du bien qu'il a accompli.

Aussi la mort ne l'a-t-elle jamais effrayé : il l'attendait depuis de longues années avec la sérénité de ceux qui sont forts de leur conscience et qui ne craignent pas les surprises de l'au-delà.

Si, comme lui, nous ne croyons pas à l'existence d'un paradis menteur, si, comme lui, nous nous refusons à humilier notre raison devant les dogmes absurdes des religions agonisantes, nous savons du moins que tout ne meurt pas dans la tombe. Les hommes revivent dans leurs œuvres et la trace de leur passage reste ineffaçable ; leur vie reparaît embellie, grandie, fortifiée, dans le cœur des amis désolés qui restent. A ce titre, Paul Chevreux ne mourra pas parmi nous ; il est comme le bienfaisant soleil qui, après avoir fait germer les semences confiées à la terre, retourne à l'horizon, son cycle accompli. Ses qualités admirables vont germer dans le cœur des témoins de sa vie et perpétueront ainsi sa mémoire en perpétuant son labeur humain tout de droiture, de dévouement, de tolérance.

*_**

Vous songerez à votre père, vous, fils aimé de celui que nous pleurons. Félicitez-vous d'être né de lui, recueillez son esprit, gardez ses enseignements, poursuivez le même idéal humanitaire, propagez les leçons viriles que vous avez reçues de lui et soyez toute votre vie le bon citoyen et l'excellent républicain qu'il fut. Déjà aujourd'hui même vous avez pris la détermination de solliciter l'Init.·. Mac.·., vous avez pensé avec raison que c'était pour vous la meilleure manière d'honorer la mémoire de notre grand disparu. Persévérez dans cette voie, mon cher ami.

Reportez je vous prie, à Madame votre mère, nos plus respectueuses condoléances en l'assurant de toute notre admiration pour l'élévation de caractère et la dignité dont elle a fait preuve au milieu de cette cruelle séparation.

*_**

Couché dans ce cercueil que j'ai tenu à aller saluer à Paris, au nom de la Fr.·. Mac.·. française, je cherche à me faire à cette idée que je ne reverrai plus cet homme d'élite, que je n'entendrai plus cette parole généreuse, que sa foi vaillante ne réchauffera plus mon cœur et que je ne serrerai plus jamais la main de l'un des êtres que j'aimais le plus au monde... la mort inexorable est désormais entre lui et moi et rien ne peut contre elle.

Dors donc en paix, mon T.˙. Ill.˙. F.˙. Chevreux, car tu as brillamment servi la démocratie et tu as honoré l'Humanité dans ce qu'elle a de plus élevé. Puissions-nous un jour mériter une faible partie des éloges qui te sont si justement décernés en ce jour de deuil.

Et maintenant, vous les FF.˙. MM.˙., mes FF.˙., vous qui êtes habitués à contempler en face le néant, vous qui savez que la mort perpétue la vie dans le mystère des germinations, ramassez avec moi le rameau d'acacia planté sur le tertre de ce maçon d'élite qui a restitué au Grand Tout les éléments d'une des intelligences les plus belles et les mieux organisées que nous ayons connues. Laissez cette poussière humaine retourner dans l'insondable chaos où se reconstituent, avec les humanités meilleures, les fleurs et les moissons nouvelles...

Il est pour nous une façon plus utile d'honorer sans cesse la mémoire de notre cher disparu : c'est de continuer avec plus d'ardeur que jamais, dans le silence de nos Loges, à faire fleurir les pures idées qui l'animaient, afin de les répandre autour de nous plus belles que les hommes, plus radieuses que jamais !

Gémissons ! Gémissons ! Mais espérons !

Discours de *M. Ravon*

Mesdames, Messieurs,

Permettez-moi de vous dire combien nous, maçons en sommeil, anciens ouvriers de cet atelier, avons été sensibles à votre invitation à nous joindre à vous pour honorer la mémoire des Frères que la Mort a fauchés récemment. Nous vous en remercions bien fraternellement.

Quoique nous n'ayons pas connu tous les frères de cet atelier qui viennent de disparaître, nous nous associons à vous de grand cœur pour porter leur deuil à tous ; mais notre douleur et nos regrets s'avivent plus particulièrement en pensant à la perte cruelle que nous éprouvons en la personne de notre ancien Vénérable P. Chevreux qui, pendant de longues années, dirigea les travaux de la Loge d'Epinal avec tant d'éclat et tant de succès. Tous les frères qui sont ici et qui l'ont connu se joindront à moi pour dire en cette douloureuse circonstance combien le frère Chevreux méritait d'être apprécié et aimé ; il avait les plus grandes qualités de cœur et d'esprit ; c'était pour nous un guide sûr, un ami dévoué et toujours empressé à se rendre utile à la Maçonnerie en général, à la Loge d'Epinal et à chacun des frères de cet atelier en particulier. Il est retourné dans le néant où vont toutes choses, mais son souvenir nous reste, et aussi longtemps que nous lui survivrons, nous honorerons sa mémoire qui fut celle d'un Maçon très actif, très intelligent et très cordial. Il est de circonstance plus que jamais de dire aujourd'hui, Mesdames, Messieurs : Gémissons ! Gémissons ! Gémissons !...